Guia de pronúncia para os pais

A pronúncia em inglês foi simplificada para facilitar o auxílio que os pais vão dar à criança. Pronuncie as palavras grifadas em (azul) como se fosse uma palavra em português e você será suficientemente bem compreendido.

As sílabas tônicas, ou fortes, apresentam as vogais indicadas com acentuação, como por exemplo: **LION** (láion) LEÃO.

Seguem algumas dicas para melhorar a pronúncia:
TH - é um som inexistente em português.
Pode ter som de **D**, como por exemplo **THIS** (dis) ou som de **F**, a exemplo de **THANKS** (fanks); em ambos os casos, sugere-se que a criança tente emitir esse som comprimindo a língua entre os dentes frontais.

W tem som de **U**, **WHAT** (uót), mas é mudo antes de **R**, como **WRITE** (rait), ou tem som de **RU**, como **WHO** (hu).
J pronuncia-se sempre **DJ**, **JUNE** (djun), por exemplo.
CH pronuncia-se como **TCH**, a exemplo de **MUCH** (mâtch).

Seu filho aprende inglês "falando" a pronúncia na cor (azul) e auxiliando-o nos exercícios se for necessário!

SPORTS — ESPORTES

Que tal aprender estes esportes em inglês?
Observe bem cada modalidade e pronuncie em inglês!

Aprenda, em inglês, o nome destas modalidades!

Escreva e pronuncie o nome dos esportes abaixo relacionando-os a suas respectivas figuras.

HANG GLIDING
(heng glaidin)
VOO DE ASA DELTA

SAILING
(seilin)
IATISMO

SNOWBOARDING
(snoubórding)
SURFE NA NEVE

HORSE RIDING
(hórs raidin)
HIPISMO

WATER SKIING
(uótàr skiin)
ESQUI AQUÁTICO

SCUBA DIVING
(scuba daivin)
MERGULHO

HOCKEY
(hóckey)
HÓQUEI

RUNNING
(rânin)
CORRIDA

Divirta-se com o "Soccer"!
Procure as 7 diferenças que existem nas duas cenas.

4

Faça uma linha unindo a dica ao esporte correspondente.

Pratique a pronúncia.

VOLLEYBALL
(voleiból)
VOLEIBOL

Esporte em equipe onde se chuta uma bola.

GYMNASTICS
(djimnéstiks)
GINÁSTICA

É necessário um paraquedas e coragem.

FENCING
(fénsin)
ESGRIMA

No jogo, usa-se uma luva para agarrar a bola e um bastão para rebatê-la.

Dois ou quatro jogadores, uma rede que divide a quadra ao meio e raquetes.

SWIMMING
(suimin)
NATAÇÃO

BASKETBALL
(baskétból)
BASQUETEBOL

Os esportistas usam roupa especial e espadas.

BOXING
(bóksin)
BOXE

Cordas, mosquetão, pinos de segurança, entre outros, são usados nesse esporte.

TENNIS
(ténis)
TÊNIS

Exige flexibilidade, força e disciplina do atleta.

Esporte ao ar livre que utiliza um taco de metal para acertar uma bola em uma sequência de buracos.

SKIING
(skiin)
ESQUI

Os dois atletas usam luvas dentro de um ringue.

SOCCER
(sóker)
FUTEBOL

BASEBALL
(beizból)
BEISEBOL

É um esporte individual praticado na água.

GOLF
(gâlf)
GOLFE

O atleta usa uma pista de gelo.

SURFING
(sârfin)
SURFE

Duas equipes de seis atletas jogam bola em uma quadra dividida ao meio por uma rede.

É necessário um par de esquis e neve para praticar esse esporte.

ROCK CLIMBING
(rók klainbin)
ALPINISMO

Os jogadores têm que acertar a bola em um cesto.

ICE SKATING
(ais skeitin)
PATINAÇÃO

É um esporte radical que necessita de ondas grandes e uma prancha.

PARACHUTING
(parachutin)
PARAQUEDISMO

Marque um X na resposta certa para cada esporte.

Pronuncie corretamente.

- ☐ Golf
- ☐ Cycling
- ☐ Skiing

- ☐ Tennis
- ☐ Baseball
- ☐ Soccer

- ☐ Running
- ☐ Gymnastics
- ☐ Tennis

- ☐ Scuba Diving
- ☐ Basketball
- ☐ Wind Surfing

- ☐ Hockey
- ☐ Golf
- ☐ Soccer

- ☐ Skateboarding
- ☐ Soccer
- ☐ Running

- ☐ Sailing
- ☐ Swimming
- ☐ Scuba Diving

- ☐ Gymnastics
- ☐ Running
- ☐ Ice Skating

- ☐ Baseball
- ☐ Gymnastics
- ☐ Parachuting

- ☐ Cycling
- ☐ Swimming
- ☐ Karate

- ☐ Boxing
- ☐ Sailing
- ☐ Weight Lifting

- ☐ Archery
- ☐ Hockey
- ☐ Fencing

- ☐ Boxing
- ☐ Volleyball
- ☐ Karate

- ☐ Archery
- ☐ Wind Surfing
- ☐ Horse Riding

- ☐ Boxing
- ☐ Volleyball
- ☐ Karate

- ☐ Snowboarding
- ☐ Rock Climbing
- ☐ Skateboarding

- ☐ Archery
- ☐ Baseball
- ☐ Horse Riding

- ☐ Fencing
- ☐ Football
- ☐ Skiing

- ☐ Hang Gliding
- ☐ Ice Skating
- ☐ Water Skiing

- ☐ Archery
- ☐ Baseball
- ☐ Boxing

- ☐ Ice Skating
- ☐ Hockey
- ☐ Sailing

5

FOOD  ALIMENTOS

Qual é a sua comida favorita?
Vamos conhecer alguns alimentos em inglês!
É muito importante pronunciar certo.

BREAD (bréd) PÃO — **FISH** (fish) PEIXE — **MEAT** (mit) CARNE — **CHEESE** (tchis) QUEIJO — **EGGS** (égs) OVOS — **BEANS** (bins) FEIJÃO — **NUTS** (nâts) NOZES

PEANUTS (pinâts) AMENDOINS — **POPCORN** (pópkorn) PIPOCA — **CAKE** (keik) BOLO — **HONEY** (hânei) MEL — **SOUP** (sup) SOPA — **RICE** (rais) ARROZ

PANCAKES (pénkeiks) PANQUECAS — **HOT DOG** (hót dóg) CACHORRO-QUENTE — **CHOCOLATE** (tchócolat) CHOCOLATE — **PIZZA** (pitzá) PIZZA — **JAM** (djém) GELEIA — **ICE CREAM** (ais krim) SORVETE

COOKIES (kukis) BOLACHAS — **CHICKEN** (tchiken) FRANGO — **BACON** (beikân) TOUCINHO — **SANDWICH** (sénduich) SANDUÍCHE — **JELLY** (djéli) GELATINA — **PUDDING** (pudin) PUDIM

CABBAGE (kébedj) REPOLHO — **SWEET CORN** (suit kórn) MILHO VERDE — **LETTUCE** (létus) ALFACE — **BELL PEPPER** (bél pépér) PIMENTÃO — **BROCCOLI** (brókoli) BRÓCOLIS — **CARROT** (kérot) CENOURA

EGGPLANT (éggplént) BERINJELA — **CUCUMBER** (kiukâmbâr) PEPINO — **PUMPKIN** (pâmpkin) ABÓBORA — **BEET** (bit) BETERRABA — **ONION** (onion) CEBOLA — **POTATOE** (poteito) BATATA — **PEAS** (pis) ERVILHA

Vamos conhecer estes alimentos também!

Hummm... Frutas, sucos e outras bebidas.
Pronuncie estas delícias em inglês.

FIG (fig) FIGO
WATERMELON (uótermélân) MELANCIA
APPLE (épâl) MAÇÃ
PASSION FRUIT (péshân frut) MARACUJÁ
ORANGE (órendj) LARANJA
PINEAPPLE (painépâl) ABACAXI

GRAPES (greips) UVAS
BANANA (banéna) BANANA
COCONUT (koukânât) COCO
STRAWBERRY (stróbéri) MORANGO
MELON (mélân) MELÃO
LEMON (lémân) LIMÃO

CHERRY (tchéri) CEREJA
PEAR (pér) PERA
BLACKBERRY (blékbéri) AMORA
AVOCADO (avokadou) ABACATE
KIWI FRUIT (kiuí frut) KIWI
PAPAYA (papaia) MAMÃO

PEACH (pítch) PÊSSEGO
MANGO (mango) MANGA
POMEGRANATE (pómigrânit) ROMÃ
STAR FRUIT (star frut) CARAMBOLA
TANGERINE (tângerin) TANGERINA
PLUM (plâm) AMEIXA

JUICE (djus) SUCO
WATER (uóter) ÁGUA
MILK (milk) LEITE
HOT CHOCOLATE (hót tchókolat) CHOCOLATE QUENTE
COFFEE (kófi) CAFÉ
TEA (ti) CHÁ

YOGURT (iógurt) IOGURTE
SUGAR (chugâr) AÇÚCAR
SALT (sólt) SAL
KETCHUP (kétchâp) KETCHUP
MUSTARD (mâstârd) MOSTARDA
MAYONNAISE (meiâneiz) MAIONESE

O que temos na geladeira?

Escreva nos círculos os números correspondentes aos alimentos escritos em inglês. Alguns já estão prontos para você! Aproveite para exercitar a sua memória e a pronúncia das palavras.

12 TOMATO (tomeito) TOMATE

17 PIE (pai) TORTA

30 CHOCOLATE MILK (tchócolat mil) ACHOCOLATADO

35 HAM (hém) PRESUNTO

36 OLIVE OIL (óliv óiál) AZEITE DE OLIVA

40 SODA/POP/ SOFT DRINK (souda/póp/ sóft drink) REFRIGERANTE

○ PUDDING (pudin)
○ EGGPLANT (eggplént)
○ FISH (fish)
○ BLACKBERRY (blékbéri)
○ LETTUCE (létus)
○ APPLE (épâl)
○ MELON (melân)
○ CABBAGE (kébedj)
○ YOGURT (iógurt)

○ ORANGE (órendj)
○ PEAR (pér)
○ ONION (onion)
○ PAPAYA (papaia)
○ PIZZA (pitzá)
○ GRAPES (greips)
○ PINEAPPLE (painépâl)
○ KETCHUP (kétchâp)
○ PUMPKIN (pâmpkin)

○ MILK (milk)
○ MANGO (mango)
○ WATERMELON (uótermélân)
○ CHEESE (tchis)
○ JUICE (djus)
○ SANDWICH (sénduich)
○ CHICKEN (tchiken)
○ JAM (djém)
○ EGGS (égs)

○ MAYONNAISE (meiâneiz)
○ BANANA (banéna)
○ SOUP (sup)
○ ICE CREAM (ais krim)
○ BELL PEPPER (bél pépér)
○ WATER (uóter)
○ HONEY (hânei)
○ MUSTARD (mâstârd)
○ JELLY (djéli)

Vamos descobrir o que cada criança escolheu para comer?

Observe a tabela abaixo e identifique cada prato, bebida, condimento e fruta, conforme a escolha de cada criança. Mas, antes, conheça mais três alimentos.

SAUSAGE (sósedj) SALSICHA

FRENCH FRIES / CHIPS (fréntch fraiz / tchips) BATATA FRITA

BUTTER (bâter) MANTEIGA

Criança	Comida	Bebida	Condimento	Fruta
1	MARCOS	CHICKEN, PEAS, PANCAKES	WATER	PEPPER, KETCHUP	PEACH
2	ADRIANA	MEAT, RICE, FRENCH FRIES	SODA	MAYONNAISE	GRAPES
3	LEILA	EGG, LETTUCE, BREAD, BACON	HOT CHOCOLATE	KETCHUP, MUSTARD	STRAWBERRY
4	BETO	SALAD, BEANS, RICE, TOMATO	JUICE	SALT, OLIVE OIL	ORANGE
5	ANA	SOUP, BREAD	TEA	SALT, PEPPER	APPLE
6	LUÍS	CHEESE, SAUSAGE, BREAD, SWEET CORN	YOGURT	BUTTER	BANANA

Que tal uma deliciosa salada de frutas de sobremesa?

Pinte estas saborosas frutas. Depois, ligue as três que você mais gosta as suas respectivas partes na "salada de frutas". Em voz alta, exercite a pronúncia delas em inglês!

CLOTHING  VESTUÁRIO

Algumas das roupas mais conhecidas no mundo!

Veja as figuras e pronuncie corretamente.

T-SHIRT (ti-chêrt) CAMISETA　**SHIRT** (chêrt) CAMISA　**JACKET** (djéket) JAQUETA / PALETÓ　**SUIT** (sut) TERNO　**VEST** (vest) COLETE　**COAT** (kout) CASACO/SOBRETUDO

TRACKSUIT (tréksut) AGASALHO DE TREINO　**SWEATER** (suéter) SUÉTER　**BLOUSE** (blauz) BLUSA　**TROUSERS/PANTS** (trauzârs/pénts) CALÇA　**DRESS** (drés) VESTIDO　**SKIRT** (skàrt) SAIA

JEANS (djínz) JEANS　**UNDERSHIRT** (ândârchârt) CAMISETA DE BAIXO　**SHORTS** (chórts) SHORT　**BRA** (bró) SUTIÃ　**PANTIES** (péntis) CALCINHAS　**UNDERPANTS** (ânderpénts) CUECAS

OVERALL (ouveról) MACACÃO　**BATH ROBE** (béf roub) ROUPÃO DE BANHO　**PYJAMAS** (paidjámas) PIJAMA　**NIGHTDRESS** (naitdrés) CAMISOLA　**RAINCOAT** (reinkout) CAPA DE CHUVA

**Alguns acessórios
mais usados no dia a dia.**

Leia e diga cada nome em inglês
até saber pronunciá-los bem!

BELT
(bélt)
CINTO

BIKINI
(bikíni)
BIQUÍNI

SWIMSUIT
(suímsut)
MAIÔ

CAP
(kép)
BONÉ

HAT
(hét)
CHAPÉU

GLOVES
(glouvs)
LUVAS

NECKTIE
(néktai)
GRAVATA

BOW TIE
(bou tai)
GRAVATA-BORBOLETA

SCARF
(scarf)
CACHECOL

PANTYHOSE
(péntihouz)
MEIA-CALÇA

HANDBAG
(héndbég)
BOLSA

WALLET
(uólet)
CARTEIRA

EARRINGS
(iárrins)
BRINCOS

NECKLACE
(nékles)
COLAR

BRACELET
(breislet)
BRACELETE

HAIR RIBBON
(hér ribon)
FITA DE CABELO

RING
(ring)
ANEL

WATCH
(uótch)
RELÓGIO

GLASSES
(gléses)
ÓCULOS

SUNGLASSES
(sângléses)
ÓCULOS DE SOL

UMBRELLA
(âmbréla)
GUARDA-CHUVA

HIGH-HEELED SHOES
(hai hild chuz)
SAPATOS DE SALTO ALTO

SHOES
(chuz)
SAPATOS

BOOTS
(buts)
BOTAS

SOCKS
(sóks)
MEIAS

FLIP-FLOPS
(flip-flóps)
CHINELOS DE DEDO

SANDALS
(sendolz)
SANDÁLIAS

TRAINERS/SNEACKERS
(treinêrs/snikers)
TÊNIS

Enumere as roupas e os acessórios corretamente!

Não se esqueça de praticar em inglês!

1. COAT (kout)
2. BLOUSE (blauz)
3. NECKTIE (néktai)
4. JACKET (djéket)
5. SWEATER (suéter)
6. SHIRT (chêrt)
7. SCARF (scarf)
8. DRESS (drés)
9. JEANS (djínz)
10. BELT (bélt)
11. SOCKS (sóks)
12. BOOTS (buts)
13. T-SHIRT (ti-chêrt)
14. HAT (hét)
15. SHOES (chuz)
16. HIGH-HEELED SHOES (hai hild chuz)
17. CAP (kép)
18. SHORTS (chórts)
19. SANDALS (sendols)
20. FLIP-FLOPS (flip-flóps)
21. WATCH (uótch)
22. RING (ring)
23. EARRINGS (iârrins)
24. NECKLACE (nékles)
25. UMBRELLA (âmbréla)
26. TROUSERS (trauzârs)
27. SUIT (sut)
28. WALLET (uólet)
29. UNDERPANTS (ânderpénts)
30. NIGHTDRESS (nait drés)
31. SUNGLASSES (sângléses)

Desenhe as roupas sobre os pontilhados e pinte todas como preferir.

Diga em voz alta o nome das roupas em inglês, conforme já aprendeu.

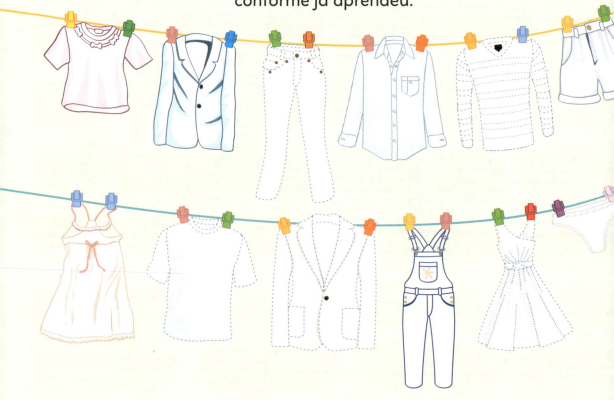

Você é um bom observador?
Ligue cada grupo de imagens à descrição correta.

 Jacket / Cap / Trousers / Gloves

Scarf / Nightdress / Necklace

Shorts / Sweater / Shirt

Handbag / Watch / Belt / Wallet

Necktie / Sneakers / Hat

 Suit / Pantyhose / Blouse

Dress / High-heeled shoes / Flip-flops

Panties / Sunglasses / Shoes

Earrings / Underpants / Sandals

Boots / Overalls / T-shirt

Cruzadinha da moda.

Complete a cruzadinha, escrevendo o nome das figuras em inglês. Mostre que você já aprendeu, lendo e pronunciando novamente estas palavras.

16

Jogar, comer e vestir:
do que você mais gosta?!

Escreva, leia e pronuncie, em inglês,
o que cada um dos amiguinhos gosta de fazer!

Esportes que Luís gosta de praticar:	Delícias que Leila prefere comer:	Roupas e acessórios que Adriana adora vestir: